詩の葉「荒野へ」

柴橋伴夫

目次

「荒野へ」

荒野へ（I）

荒野へ（Ⅰ）

磔刑よ蒼く燃えたつパッサカリア

荒野へジャンプする男あり秋の死よ

悲歌流れ熱くふるえる乳房の紅《べに》

向日葵よ黄色い苦悩よゴッホの耳よ

荒野へ（Ⅰ）

流れる蒼モーツァルトよ！水のごとく

死すべきか愛すべきか血みどろの廃市よ

荒野へ（Ⅰ）

荒野かな錆びついた言葉よ凍土の肌

マリアよ私に死せる妹あり淡雪のような繭《まゆ》で包め

荒野へ（Ⅰ）

見るな見るな使徒よ私の顔はもう半分消えたのだから

宙《そら》に舞う悲しみのテラコッタ滂《ぼう》沱《だ》の晩秋《あき》

荒野へ（Ⅰ）

薔薇《そうび》落下！アダージョの海へ哀しみの放物線を描きつつ

病みし夜石の眼キラリと光りもだえるヒヤシンス

荒野へ（Ⅰ）

水晶の眸《ひとみ》赤い森燃えつきざわつく不条理

響け響け赤い母音悲哀のダリアに

荒野へ（Ⅰ）

荒野にひとり素足で立てり聖女ウルスラ

カラスのいる麦畑風憂い空裂け黒叫ぶ

荒野へ（II）

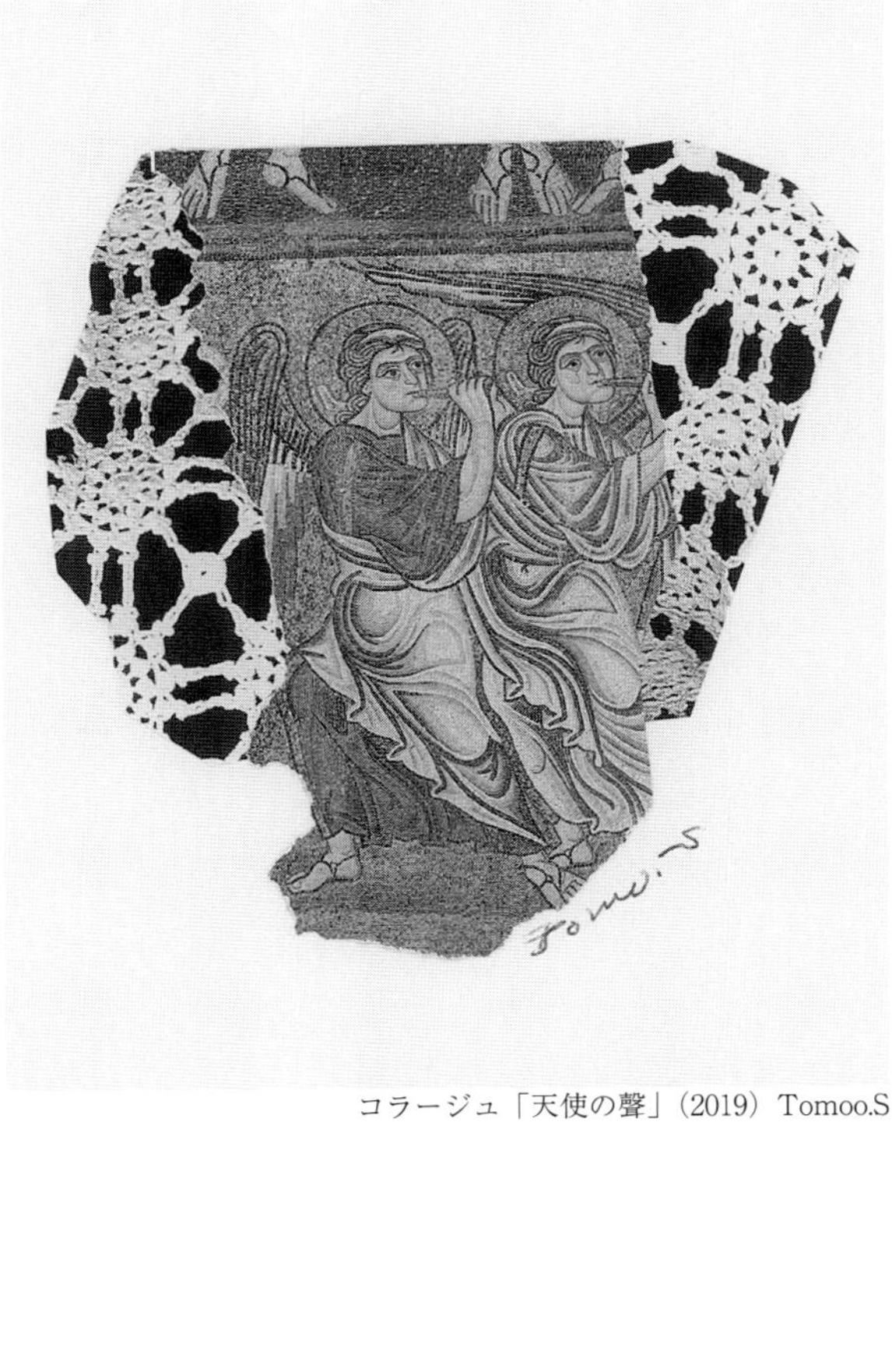

コラージュ「天使の聲」（2019）Tomoo.S

荒野へ（Ⅱ）

葬列の朝金剛石裂けサキソフォーーン嘆く

黙示の海よ鷗叫ぶ死の水仙

美しい漂流者たち胸まで洪水

荒野へ荒野へ詩篇を編め

荒野へ（Ⅱ）

黒いダリヤ憂いの衣ヨハネの首よ

されど氷河されど氷河海わたる子羊よ

荒野へ（Ⅱ）

寺院もえ氷雨《ひさめ》あびて頭蓋骨笑う

白夜震え電圧あふれ鳥おちる

荒野へ（Ⅱ）

神殿の隅ひとり嘆く使徒オルガン発狂す

石の中に聲《こえ》水の中に言葉ああ失われた海図よ

悲しみを梳《す》く朝列車停止し黒髪に淡雪

塔倒れ盲目のアダム逝く火を放つ子羊

荒野へ（Ⅱ）

うなだれし堤防死の種のみこみ鏡ゆがむ

燃えよ燃えよ虚の神殿ほら死の天使だ

荒野へ（Ⅱ）

海も死に母も死に言葉も死に逝く青リンゴ

荒野へ（Ⅲ）

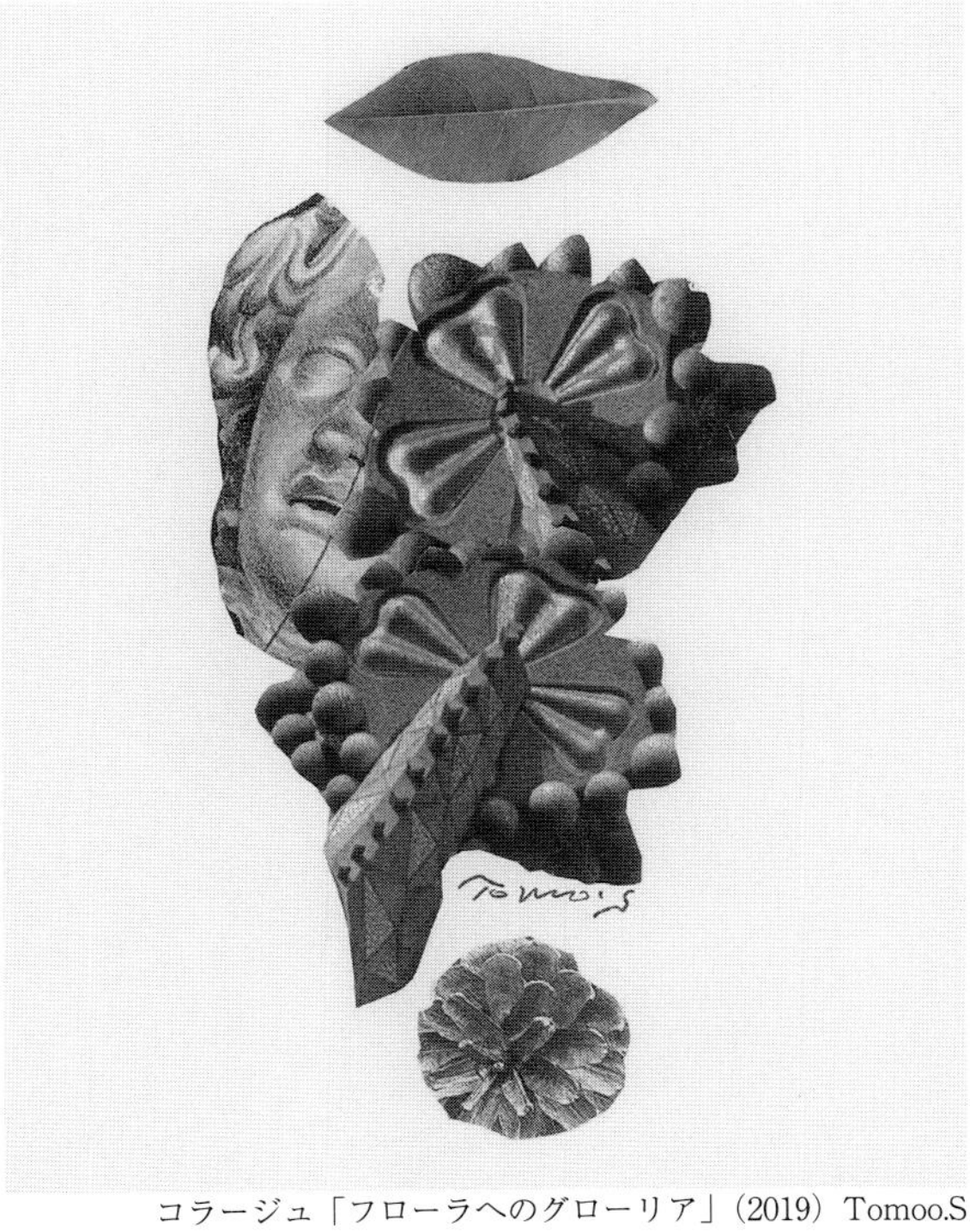

コラージュ「フローラへのグローリア」（2019）Tomoo.S

荒野へ（Ⅲ）

秋の遊園地死の種子の重みで
揺れるブランコ

燃えよ燃えよザムザの身体
巡礼の朝に

荒野へ（Ⅲ）

海も死に母も死に言葉も死に
ああ涙する十字架

落下する惑星よ不安を孕む運河よ
迷宮の女よ

荒野へ（Ⅲ）

愛の苑崩れおち盲目の子羊
母の乳房まさぐる

仮面かぶり彷徨《さまよ》う海図
蟻の殺意燃え滾《たぎ》る

荒野へ（Ⅲ）

ブランコ揺れ死も揺れ
憎しみの腹部ふくらむ

水の中の青き林檎あまりの冷たさに
掴みし左手嘆く

荒野へ（Ⅲ）

密葬の朝白磁の水瓶割れて
雲雀《ひばり》の雛《ひな》血を吐く

路上の雑草エデット・ピアフよ
だみ聲に鋪石も落涙す

荒野へ（Ⅲ）

胸中の殺意ざっくりと大西洋を引き裂く
ああ反転する夢

ラストタンゴ・イン・パリ破滅のエロスよ
老醜の男よ

荒野へ（Ⅳ）

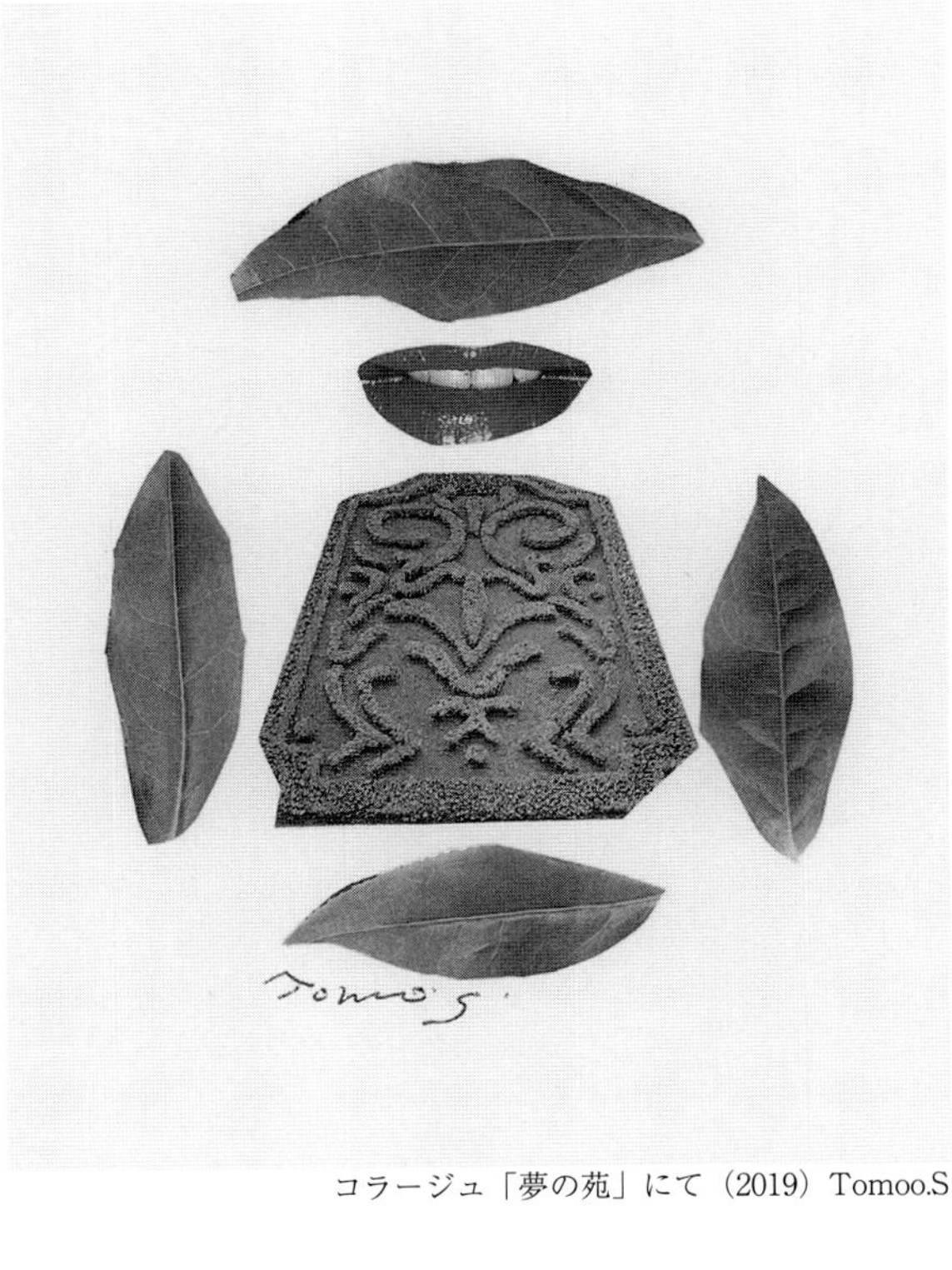

コラージュ「夢の苑」にて（2019）Tomoo.S

荒野へ（Ⅳ）

人と人の間に夜の花咲き
雪崩《なだれ》の如く
悲哀どっと押しよせる

病める鳥の絵あり
画廊の隅に
そは鏡に映った歪んだ我か

荒野へ（Ⅳ）

聖水を汲みあげる樹よ
病んだ魂にそそりたて

切られし長い首の水仙よ
それは死せる詩人に似る

荒野へ（Ⅳ）

崩れゆく手の中の思い出
鳴き疲れた雲雀天より墜ちる

鳥と話すフランチェスコよ
秘法を与えよ
荒野に住む〈狂の人〉に

荒野へ（Ⅳ）

天の聲に涙す〈ラインのシビラ〉よ
貧しき使徒に
愛の葉を植えよ

ノスタルジア！　霊の降臨に
神秘の水うごく
耳をそばたてる犬あり

荒野へ（Ⅳ）

悔恨のワイン呑み込み
あわてて吐く愚者よ
すぐに身に火を放て

眠れぬ病棟の夜
荒野の樹に聴く
明日はあるやなしやと

哀切へのフラグメントa

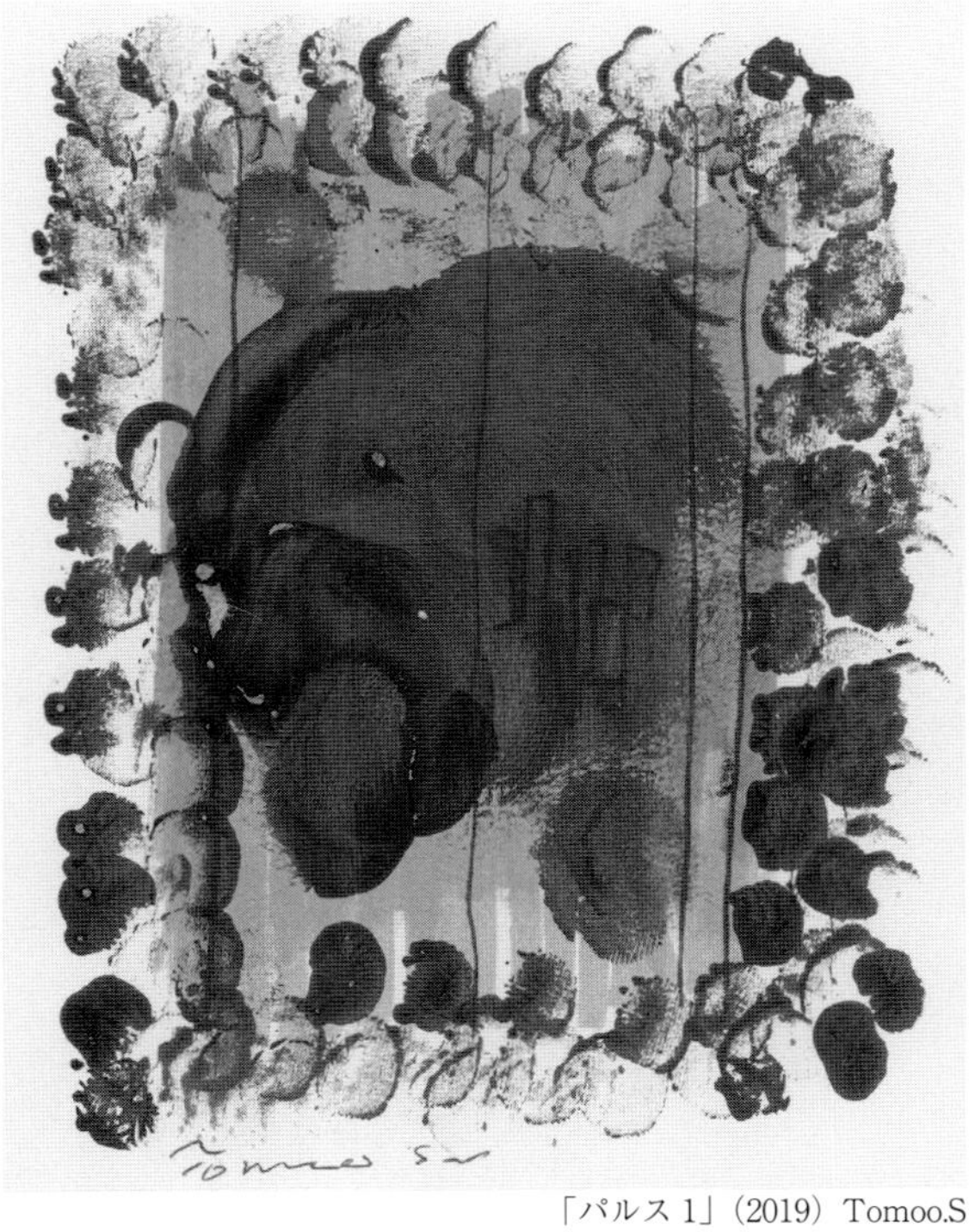

「パルス 1」（2019）Tomoo.S

ヴィーゼルの〈聲〉

ヴィーゼルという作家がいる。彼は『死者の歌』（晶文社　一九七〇年）の一文でこう告白する。文章とは「むしろ〈マシュヴァ〉と言ってよい」と。この〈マシュヴァ〉は、何を指示するのか。「墓所なき死者たちを記念して建立した、目には見えない墓石」だとのべる。

ヴィーゼルという作家の心底には、抱えきれない〈死者の群れ〉が蠢めいていた。この作家は、当時ハンガリー領だったシゲトで生まれた。地図上では、ルーマニアとウクライナとの国境にある町。この地にナチス・ドイツの毒牙が襲いかかった。この地に住むユダヤ人たちの多くが、ポーランドのアウシュビィッツ強制収容所に送られ、帰らぬ人となった。

ヴィーゼルは生き延びたが、母、妹、父をアウシュビィッツで喪い、そこでの闇の記憶を見詰めながら、『夜』『夜明け』『昼』などを世に出した。

この作家は、幼い時は「エリエゼル」といわれた。〈神はわが祈りを叶えたまえ〉という意味を持っていた。この作家の作品を訳した村上光彦は、「エリエゼル」と戦後の名となった「エリ・ヴィーゼル」との間には、〈墓に埋められなかった六百万人の死者がいる〉という。さらに〈幼い日のエリエゼルは、いわば戦争とともにひとたび死んだ〉、そして心には〈底なしの空洞〉が残ったと……。

　ヴィーゼルの作品を読んでいくと、文脈のいたるところから〈幼い子〉の聲が地鳴りのように響き渡ってくる。と同時に、この世によこたわっている闇を見続けているヴィーゼル自身が発している哀切な聲も聞こえてくる。それは反転して迫ってくる。あなたの足元から現代のアウシュビィッツを問えという聲に変幻してくるのだ。

この子供とヴィーゼルの聲こそ、〈予言の聲〉でありつつ、私達はこの聲に対して、責務を負っていかねばならないのだ。

　眼《まなこ》をしっかりと開け、強制収容の煙突から天に上った煙と、冷たい床に残された灰を見つめなければならないのだ。そして気づかなければならない。現代に生を享けたものとして、幼い頃に内包していた神秘への憧れと、人間の知をこえた〈不可視な存在への怖れ〉を、いまこそ復活させねばならないと……。

哀切へのフラグメントb

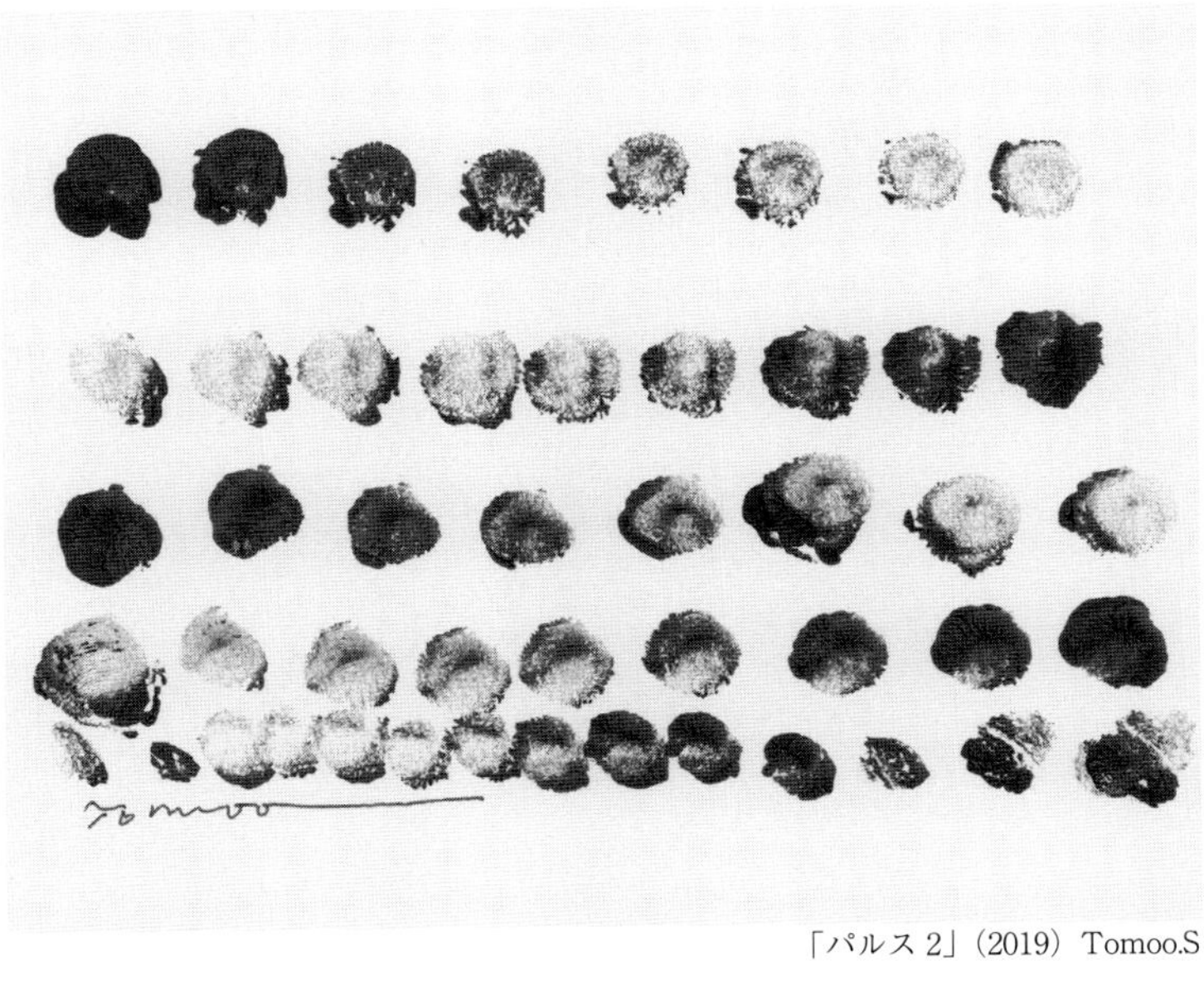

「パルス 2」（2019）Tomoo.S

MÉMENTO MORI

水あふれる森の匂い
母なる羊水の舟に乗り
ベトナムの子らよ　死の河を越境せよ

夢からさえも裏切られ
ざわめく死の種子に怯え
鉛の海に立つ
無垢なる子らよ
なぜ泣かないのか
なぜ泣けないのか

吊るされたヒロシマの子
いや　世界という記憶のトポスで
いまもどこかで
柘榴のごときやわらかい心臓は
砕けている
嗚呼　死の河は
わたしの蒼い血管の中を流れている
死を想え　死を想え

ここに載せた詩は、ベトナム戦争で苦しんだ無辜《むこ》の子たちの拭い去ることができない〈赤い記憶〉と、音楽の都ザルツブルクのカテドラルの扉に彫られていたヒロシマへのレクイエムの彫刻に触発されて書いた。このカテドラルには、二つの扉があった。一方のはジャコモ・マンズーの作品だった。他方は私の知らない方の作品だった。そこには、花々がデザイン化され、子供たちが流れとなり天に舞っているそんな情景彫刻だった。私は係の男性に、この情景について聞いた。すると、男性は、原爆によって亡くなった子供たちを悼むものですといった。

この詩は、私が企画したダダを主題にして展覧会「セブン・ダダズ・ベイビー」（ギャラリー・ユリイカ）の際に発表したもの。この詩とオブジェ作品で構成した。オブジェは、床に赤ちゃん用の湯桶にノガ屑を播きその上部にベトナムとヒロシマの子供達として仮象した人形を吊るした。

「MÉMENTO　MORI」（メメント・モリ）とは、「死を想え」のこと。ヨーロッパ中世世界では、死が隣にあることを想いつつ、信仰を深く浄化し、今を生きる糧とした。

〈ざわめく死の種子に怯え〉つつ、鉛の海に立つ、そんな現代の〈無垢なる子〉〈やわらかい心臓〉に哀切の情を抱きつづけたい。

［瞑る堤防］

瞑る堤防

秋の吃音《きつおん》すっぱい無花果の味よ
いましも舌に溶けてゆく
夜明けの汽笛

包帯をまく獣に雪は舞う
皮膚の痛みを耐えベッドから立ちあがる
ブリキの人形よ

瞑る堤防

瞑る堤防よ血が滲む水葬の朝
孤独な歌人とどまること知らず
終わりなき漂流へ

すでに死への紀行だ
擦《こす》れた地図は海を喪い
私の胸にほら黒い水仙が咲く

瞑る堤防

密かに開きかける絶望の蕾よ
冬の雷に震えて
密通を企てる黒い水仙

切られた闇は黒い水仙をのみこみ
六月の蒼穹に
ああ破裂するアリア

瞑る堤防

浄めよ星浄めよ吃水《きっすい》線
浄めよ黒い襞
荒野に悲嘆の鐘いつまでも
カランカランと鳴り渡る

哀切へのフラグメントC

コラージュ「夢の向こう」（2019）Tomoo.S

ヒルデガルト・フォン・ビンゲンの〈ムジカ〉

一枚のＣＤに耳を側立てている。カバー写真に天使像が登場する「RENAISSANCE OF HUMANITY」（CATALYST）という。ここに収められたいくつかの作品は、失われた人間性への思考の再開と復権を意図している。メインとなる楽曲は、チェコの作曲家ヤン・イラジェックの宗教合唱曲「ミサ・プロプリア」、エストニア出身のペルト、エスペール、そして一二世紀ドイツのヒルデガルト・フォン・ビンゲンの作品やグルジア民謡が並べて収められている。かなり東欧の音に偏差している。

心が、強く魅かれたのが中世ドイツの神秘的宗教家ヒルデガルト・フォン・ビンゲンが作曲した「ああ、聖なる体」だった。ドイツのグループ「Vox」（声）が演奏している。ヒルデガルト・フォン・ビンゲン（一〇九八―一一七九）は、様ざまなジャンルを横断した異色の女性だ。ベネディクト派の女子修道院長、神秘思想家、教会博士、作曲家、薬草学者、言語学者、詩人などの顔をもっている。一説によると一二の顔を持つともいう。

この思想家は、「ラインの女預言者（シビラ）」ともいわれ、四〇歳頃に、「生きる光の影」（umbra viventis Lucis）を幻視した。その神秘性を表すための特別な、二三文字からなる「リングア・イグノタ」も考案した。これは、ある種の謎文字、人工言語だった。この神秘思想家は、多数の楽曲（一部は自作の詩に）をつくった。聖母マリアの賛歌たる「おお、青々とした小枝よ」や「輝かしい枝と冠」などかなりの数となる。

ヒルデガルト・フォン・ビンゲンは、修道院という狭い空間で、いやそういう場であったからこそ、神の聲を聴き、天のヴィジョンをみることができたにちがいない。聲とヴィジョンが、大きな力となって彼女の魂を支え、頑迷な男世界へと押しだしていった。

当時のムジカ（音楽）は、楽しみのためではなかった。神が創造した天体・宇宙の秩序、さらにそれと相応する人間の身と心の秩序、その双方を繋ぐものだった。これをムジカ・ムンダーナ（天使の音楽・宇宙の音楽）という。

ムジカ・ムンダーナは、眼にはみえなく、耳に聞こえないもの、その振動（パルス）を指向する。ヒルデガルト・フォン・ビンゲンのムジカは、まさに天の音を、私達の心に哀切の心を植えてくれるのだ。

この世には、虚性に満ちた鬱積した光、人工の光が氾濫している。その典型こそ、原子力が造りだす光ではないか。

悲哀の心は、人工の虚光からは得ることはできない。いまこそ〈生きる光〉〈聖なる体〉をパンと血として、求めていきたいものだ。

哀切へのフラグメントd

コラージュ「グローリア」（2019）Tomoo.S

中城ふみ子の〈凍土〉

かつて私は、詩人・中森敏夫、短歌評論家・菱川善夫らと文化核「ゆいまある」を結成していた。何をするにしても、少ない人数の会なので全て手作りだった。実際の活動期間は短期間だったが、かなり画期的な企画を立ち上げた。

いくつをあげておきたい。「南島幻視行　北村皆雄・映像個展―映画による民俗学の夕べ」を開催し、同時に宮良高弘（札幌大学）による講演「沖縄の祭りと神々の世界―アカマタを語りながら」を札幌教育文化会館会議室で開催した。また作曲家木村雅信の「アイヌ舞踏曲」（札幌教育文化会館小ホール）コンサートを企画した。

さらに一九八〇年には、中森敏夫企画による生け花作家五人による第三回「五つの個展―いけばなと建築―その原空間」（札幌・東急デパート）に際して、「ゆいまある」が主催し、シンポジュウム「いけばなと建築―その原空間」を行った。長い休止の後、最後の企画となったのが一九九一年に石狩の海辺で行った大野一雄による舞踏「石狩の鼻曲がり」だった。

前衛短歌運動の理論的支柱となった菱川善夫は、短歌研究の会を主宰していた。その会のシンポジウムに、パネラーの一人と呼ばれて会ったのが、最初の出会いだったような気がする。

さて菱川が編んだ本の一つに『新編中城ふみ子歌集』（平凡社ライブラリー）がある。私が傍においている書の1つだ。

私の中で何かが変化したのであろうか、近年は詩集を手にすることよりも、俳句や短歌の書と出会うことが多くなった。多くの詩集で頻繁に目にする修辞や暗喩による厚化粧がやや息苦しくなったせいかもしれない。これまで私は多くの芸術家の評伝を書くなかで、その芸術家の魂の形を裸のまま掴みたいと願い、いつも筆を動かしている。

そんな中、なによりも私の魂の形を見極め、それを詩の中に顕現させねばならないと想った。私の心性の根源、その基底にあるもの、それは「詩性の力」ではないかと……。どうもその詩性には、哀切な叙情が母胎として存するようだ。

私は中城ふみ子の歌に、その哀切な叙情を見出した。中城は、癌に犯された自らの左乳房（母性や女性のシンボル）を切り取った。病との鮮烈かつ血を吐く闘いは、離婚というもう一つの大きな出来事を潜り抜けながら続いた。こうした火のような日々に、聞こえてきたのは、天の聲、自然からの神秘的な啓示的な聲であったのだ。

こんな歌がある。「昼の陽に樹皮を氷らせ裸木らも堪えて立つゆえに我は生きたし」。

凍りつくような北の大地。樹皮さえ氷らせる。その厳しい状況を堪えて立つ裸木。そこから聴こえてきたのは、言葉ではなく、内在力を帯びた樹から発せられた聲ではなかったか。菱川は、彼女の短歌美学を典型的に示しているのは、「凍土に花の咲かずと嘆く半歳はおのれが花である外はなし」という。美しい花であった身体は、手術のため前面は傷だらけだった。それでも宝石のような背中があると、なおも自負心を抱きつづけ、「今少し生きて己れの無惨を見むか」と敗残を拒否してゆく。しかし残されたのは、暗い牢獄のような病棟と喪失した乳房への憐憫の情。窓の外の裸木は大地を踏みしめている。だが自分のいのちは未来のない凍土より冷たいベッドに縛られている。これが〈おのれが花〉となることという情況だった。

こうして中城は、凍土に象徴する北方の厳しい自然が発する聲に、おのれの性と暗鬱な生の行方を託した歌人だ。だからこそ身に鑢《やすり》をかけるようにして、生命の聲を聴こうとしたのだ。この哀切な叙情には、修飾や暗喩、虚性の美が入りこむ余地はなかった。だからこそ、血と断念の血で書かれた哀切の叙情は、私の乾いた荒野に大河となり滔々とながれていくのだ。

「岸辺にて」

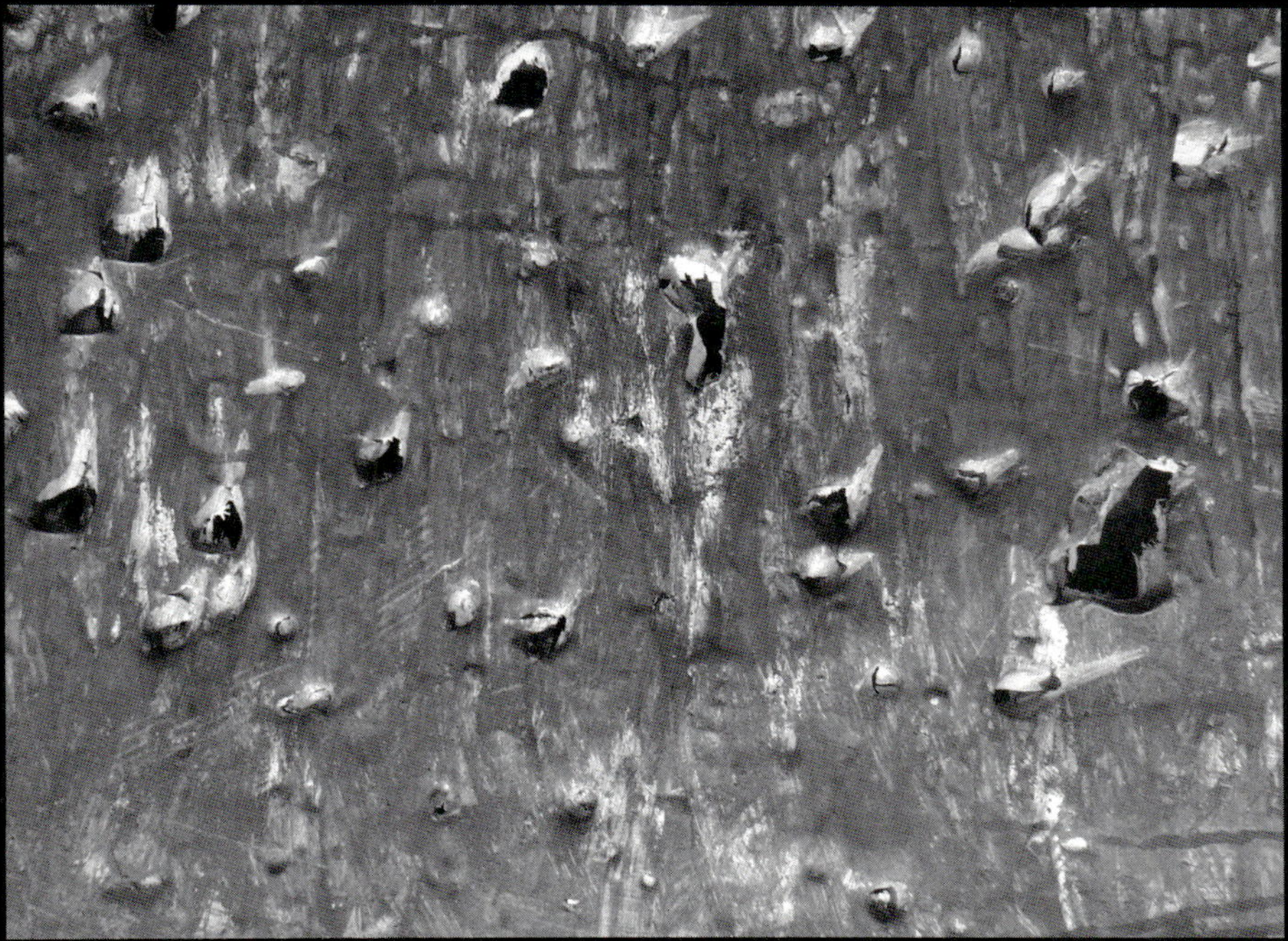

岸辺にて

自己愛の棘《とげ》抜いても抜いてもまた生えし
今朝の憂鬱

憎しみで研ぎしナイフもて
彷徨する男の背ひからびている

岸辺にて

飾るな飾るな華やぐ牡丹よ
私は密かに虚の肉にメスを入れり

昏《くら》い記憶に寄り添う
女の首の白い包帯揺れる

岸辺にて

誰も訪れぬ荒野の涯にひとり立ち
自らの罪を数えてみる

亡き父の歳をはるかに越えしが
死の向こうに何もみえず

岸辺にて

詩の泉枯渇し絶望する詩人よ
せめて死せし姉の純真にならえ

欲情を磔《はりつけ》に処し舌を抜く夜
だが救いの管弦は響かず

岸辺にて

青は人青は樹そして青は死
青のフーガ描けし画家あり

客死したヴォルスよ
吊るされた腐敗した肉片よ
狂い花のカメラよ

岸辺にて

ガウディの信仰の石
ああサグラダ・ファミリアよ
未完のまま我の眸の奥で建て

影だけが生き生きする私の食卓よ
珈琲カップも痙攣する

岸辺にて

愛を知らずに愛を語る詩人よ
舌を抜き茶色の壺に投げ入れよ

竹の繭を舟にして荒野を疾走せし勅使河原宏よ
天の苑でいかなる前衛の華活けるか

コラージュ「バルセロナの太陽」（2019）Tomoo.S

哀切へのフラグメントe

コラージュ「指の塔」（2019）Tomoo.S

彫刻家レームブルックの「くずれおれる男」

一九一九年に三八歳の若さで世を去った彫刻家がいる。レームブルックである。日本では、ほとんど知られていなかったこの彫刻家に光を当てた展覧会が二〇〇三年に札幌芸術の森美術館で開かれた。

レームブルックが表現した人体のプロポーションの誇張度はたしかに尋常ではない。ロダンなどの均整を保つ像とは異なり、写実の形式をとりながら、全体と細部の調和を壊した。細身の人体像を造形しながら、外見ではみえない骨格の構造をあえて外に出してみせた。なにか時代が孕む重い主題を背負うかのように立ち現れるのは「くずおれる男」である。屹立する男の立像ではない。頭を大地につけ、両足も大地に長く伸ばしている。つまりギリシア以来つづいている意志を持ち、英雄的な雄々しい男の対極にある、敗北し、絶望する男である。

この「くずれおれる」男の悲劇性の背後には、時代の闇があった。多くの画家達が戦場で未曾有の地獄をみていた。フランスでは、ブラック、レジェ、ドランらが、またドイツではキルヒナー、マルク、マッケ、ベックマンなどが戦場に動員された。都会の退廃を仮面のような顔を描くことで時代を暗く象徴化したキルヒナーは、一九一四年には「赤いココッテ（娼婦）」を描いた。この絵には、激しく赤、黄、などの原色が用いられている。そこには、「夜の時代」の病が描かれていた。都会は病み、腐っていたのである。また画家達の一群は死を迎えていた。マッケは戦死した。

一九一五年にオスカー・ココシュカは兵役を志願するが、翌年には負傷して、精神にも打撃をうけ生活の常軌を逸して、〈気ちがいのココシュカ〉と呼ばれた。ココシュカは戦争の悲惨を腹の底から味わい「受難」(版画)を制作している。このようにある美術家は負傷し、また戦死し心に癒されぬ傷を受けた。この激しく不安な時代。明日の光を望めない時代。なにより戦争という悲劇が、さまざまな人間の精神に大きな影を落としていた。そんな危機的な時代の匂いが、この「くずれおれる男」には、色濃く立ちこめている。

レームブルックの彫刻は、死後も悲劇をうける。折り悪く第二次大戦前にファシズムが台頭し、ナチスはおおくの前衛芸術作品を退廃的であるというレッテルを貼り、あるものは廃棄され、また没収された。ドイツ民族の優秀性を賛美するための文化操作(メディア・コントロール)であった。

一九三七年にミュンヘンで開催された退廃芸術展では、「ひざまずく女」「坐る男」が退廃的であるとして展示され、また美術館に収蔵されていたいくつかの作品は、没収された。

いま二十一世紀になり、レームブルックの彫刻が多くの人に共感をもって受けいれられているのは、まちがいなく「くずれおれる男」などに宿った不安な表現（魂の叫び）が、現代に生きるわれわれの心に深く食い込んでくるからであろう。

ナチスがプロパガンダする「崇高な美」。それは筋肉隆々の戦う男であり、均整美の極致をめざしたものである。この退廃芸術展の任を担い、宣伝省の手先となったヴォルフガンク・ヴィルリヒは、ドイツ各地を回り、純粋な北方人種を探して男女像を描いている。また「北方の種の精神によりドイツ芸術を健全化」するために『芸術神殿の清掃』を著し、多くの害となる作家名を挙げている。ナチスの文化政策に迎合し、第三帝国建設に奉仕したのは、巨大彫刻を制作したヨーゼフ・トーラクやアルノ・ブレーカーらであった。これらはなんと虚性的な勇猛を誇示していることか。

うちひしがれたやや均整を喪失した特異なフォルムは、ナチスの宣伝する「崇高な美」といかに対立するものであったか。

レーンブルックの彫刻が、なぜこんなにも心に沁み込んでくるのか。不思議な力で胸まで迫ってくるこの美はどこからくるのであろうか。単なる造形に終わらない、深い人間への眼差しがフォルムに宿っているからであろうか。やや首をかしげる悲しいポーズが多い。これはパンセ（瞑想）ではなく、悲哀のポーズである。

いま必要なのは、激情や力動ではなく、その対極にある悲哀と絶望をしっかりと味わいながら、そこから新しい光を見出すことができると語ってくれる聲を聴くことである。レームブルックの彫刻が静かに語りかけてくれる聲は実に重いのである。

哀切へのフラグメントf

コラージュ「秋の女神」（2019）Tomoo.S

画家麻生三郎の「胎内の海」

これは、「皮膚としての色調あるいは胎内の海」と題した画家麻生三郎についての小さな論だ。かなりに前に書いたものであるが、ここで採録しておきたい。

鎌倉雪の下にある神奈川県立近代美術館のキャフェで池をながめていた。秋の気配がほのかに立ちめいている。池の蓮の伸びた茎と大きな葉がともに、枯れつつ茶色に変化している。池にそよぐ風にゆっくり左右にゆれるこの蓮の群生は、優雅にみえてくる。

ここで一〇月の秋の気配を嗅ぎつつ、コーヒーを二杯ゆっくりと飲んでいると、風が体内に舞い、さらにいま見てきたあの麻生三郎の激しい慟哭に似た画面に打ちのめされた私の心が、すこし癒された。

眼を外に注ぐと、研修か見学の一行であろうか、小学生が、健康そうな歓声をあげて、池の廻りで遊んでいる。時々、池の廻りを悠然と凱旋する鳥の群れや、白いハトが、とても強いアクセントを青い空に与えていた。鉛のような重い絵画をみて、精神も肉体もズタ袋のように疲れた。だがなにかそれに触れることで安息をえようとしてこの文を書き始めた。

初期から現在までの油彩七〇点、水彩・デッサン六〇点の一点一点が、独自な世界を開示している。ただ精神への緊張や圧迫が、どうしょうもなく私を征服してしまっているわけではない。この絵画が、画家麻生の全身をあげての格闘が、なにか拒絶するような視線を見るものに投げかけてくるが、どこかに生きることの決意を感じもした。

画面に記載された「ASO」という記号のような印《サイン》。見ていると、どういう訳か次第に「ASO」が、私には「SOS」に見えてきてしまった。「SOS」とは、画家が我々に発信している危機的状況への「SOS」ではないか。戦後時間のなかで、日本人が、繁栄と進歩の恩恵に溺れてしまい、知らぬ間に自己を喪失してしまっている状況を告発しているかのように感じられて、何度も私の心は痙攣した。

戦後美術史をふりかえってみても、これほどまでに人間存在の探求を正面にすえた画家をしらない。それは幾分大袈裟に言えば、現在における日本の洋画世界の軽薄さを断罪するかのように、戦後の時間にこだわりつづけ、あくまで人間をみつづけようとしているのだ。

ここには、人間とは何かを探求しつづけた一人の画家の眼の軌跡が、広大に鋭く展開している。眼は、人となり、人は色となり、絵の具の塊の中にも、実在している。その殺戮のような、さらに年次を追うにつれてイメージを次第に解体するような画面。そこには戦中・戦後の時間を生きてきた一個の眼が、ギロリと光をはなっているのだ。このギロリの光は、今度は、お前はどう生きてきたかと、問いはじめる。

多くの同胞を早く死の床に送ったこの画家は、無数のかけがえのない同胞達の眼さえも持とうとしている。

一九一三年に東京で生れ、戦争中に絵描きの道を歩み始めたことから、この画家の眼は、いまもそしてこれからも流されるであろう死者の霊と血を心の皮膚で嗅ぎ始めていたのであろう。それに血の油をそそいだのは、親愛なる仲間の死であった。病気と時代に飲み込まれていった靉光《あいみつ》、松本峻介の死であった。これらの画家の早過ぎる死は、無念の眼差しとなって彼の精神の皮膚の一部となっていったのは、当然なことであった。さらに非道の戦争は、みずからの青春を奪うだけでなく、みずからの心血の結晶である作品を「白い灰」に帰してしまった。長崎と東京において二度にわたっておこった。

彼は、こう語る。「一九四五年四月、二回目の空襲でわたしの仕事場は焼失した」。それは、おびただしい〈たば〉の量ほどの作品焼失であり、そこには無表情の灰が残った。戦争に招集されたが、病気で即日帰郷。それはなんという宙ぶらりんの状態であったことか。戦争という国家悪に加担することは回避できたが、抵抗の士になるわけにもいかなかった。ほかになにもできない人間としては描くことだけが、時代と向いあうことであった。そこで彼は、自分の子供達をかき始めた。それは生きているもの、いま自分の側で光を放っているものを、誠実に描くことであった。それが、生きつづけることの証であった。切実さと祈念が、奇妙に混在したその不透明な時間を、ひたすら過ごすことになった。

それゆえ筆をとること、描くことは、他の画家とはちがっており、光と救済の扉にむかって開け放つことはできなかった。むしろ、戦火の炎、焼かれた土、廃れた家、棒切れとなった人間を忘却してはならない映像として、凝視し、それを素材として扱った。つまり戦後時間を、死と血の延長として認識し、闇の皮膚という新しいタブローを創造しつづけた。

私が、この展覧会で彼の作品群、とくにタブローから感受し、私の口から出た言葉は、〈誠実性〉であった。ただこの〈誠実性〉を勝手に誤解されては困る。けっして綺麗毎でかたづけられるものではないからである。戦後日本の経済的成長や都市の繁栄が、楽天的に謳歌されていく事に、あたかもそれに反旗を翻すようにして、より闇を凝視する強度をたかめていくからである。それは、麻生自身が

「戦争でうけた疵は深く、戦争戦後そのままのかたちが、現実にいまそのままのかたちであるのだ」とのべる地点に立ち続ける宣言であり、果敢なその決行であった。しかし宣言は、次第に変節し〈そのままのかたち〉は、かなり変質させられていく。時代が、平和を回復し、一億総中流意識さえもち始めることに、苛立つかのように〈かたち〉は、解体されていく。よく指摘されるように、キャンバスは、ジャクソン・ポロックの構築した無秩序性に似てくる。

その荒野のごときフィールドでは、イメージが、消失しつつ解体するという方向にむかう。「赤い空と人」、「家族」に散見されていた風景はなくなり、「頭と胴体三個」(一九六四)、「生きている気配」(一九七八)のように人体のイメージは、さだかではなくなっていく。近作の「あるがまま」(一九八六)や「ハレテイルメ」(一九九四)では、画面の上下さえ判別できなくなり、絵具の集積が、暗調に染め上げられてくる。〈絵画の死〉とさえいえる激しさである。死臭は、キャンバスの布地に染み込み、〈バケモノ　ノヨウナ　人〉が、非造形の形象をかすかに形成していく。そして、これがとても肝心なことであるが、彼の画面は、より一層茫漠とした広がりをみせはじめるのであった。

人間理解の新しい発見が、背景にあるようだ。それは、彫刻家、画家としてのジャコメティの発見であった。一九七三年の西武美術館でのジャコメティ展に感動する。それは〈一直線の仕事〉であり、エジプト彫刻のような〈人間の原始の原形〉を探求しているように映った。この言葉を借用していえば、人間とはなにかという〈一直線の仕事〉を雄々しく継続することを再確認し、さらに〈戦後人間の実存の原形〉を、絵画とデッサンと彫刻でつかみはじめようとすることだった。ジャコメティのように鋭く、そして重く人間存在を把握するようになっていく。つまり、構築を獲得したのである。彼は、かなりの力をこめて彫刻を刻みはじめた。会場の所々におかれた人体彫刻。はじめそれは絵画の方法論とは対比的にみえた。

だが、それはまちがいであると、気付いた。なによりも彫刻が、存在を形にしていく正(プラス)の行為であり、彼にとって絵画とは、その像を画面に負(マイナス)の方向で把握することにあったのではないのかと錯覚していた。

たしかに溶解しそうなこの絵画画面であるが、そこに定立した人間は、決して弱くはなく、消えることはなかった。

もうひとつ、とても普遍的な共通点に気づかされた。イメージをまさぐり、構築するその手の筆触に変化がないことであった。どちらかといえば、彼の線は、暴力的なパワーを発していない。弱いが、強靱な神経のようなしなやかさを帯びている。消えいりそうであるが、イメージは、深遠なメッセージを発信しつづける。

つまり麻生の線。筆。それは一回毎に問いただしながらおかれた線である。内面の線。そうだ。これは〈現代のゴヤ〉として、ちりぢりする線と暗調の闇でもって、みずからの眼や、自画像を描いているのだ。この〈日本のゴヤ〉は、魂の画家という形容に甘んじることなく、死者の肖像を、まちがいなく死ぬまで描きつづけるであろう。

ひょっとして家業の炭屋で幼年期から眼に焼き付けた炭色が、主調音となっているのであろうか。ただ、それらもそれ自身としては、興味深いのであるが、私は、ただそこにとても印象的な赤が点在しているのを、見逃すことはなかった。これこそ、戦後時間を象徴する血色であり、彼が生きるための新しい〈臍の尾〉であるとさえ、感じたほどである。

彼の実存とは、このように自分の描いてきた人間の〈死に水〉を、汲み尽くすまで、筆をおかないという〈誠実さ〉と等価のものである。

節くれ立つ孤絶。超越する至高性。そして人間の根源を凝視するまなざし。そしてここに厳然とあるのは、自分を偽りたくないと叫ぶ、稀有なひとりの真摯な人間の姿である。その〈誠実さ〉が、ヒタヒタと伝わってきて、恐ろしいほどであった。とすれば暗鬱な色調は、ひとつの皮膚ではないのか。つまり母の胎内にはりめぐらされた神経の海に、痛々しい人間達をつつみこんだのである。内包は、埋葬である。

それが、まちがいなくかれの絵画の本質である。

「哀切の叙情」

―あとがきの葉として

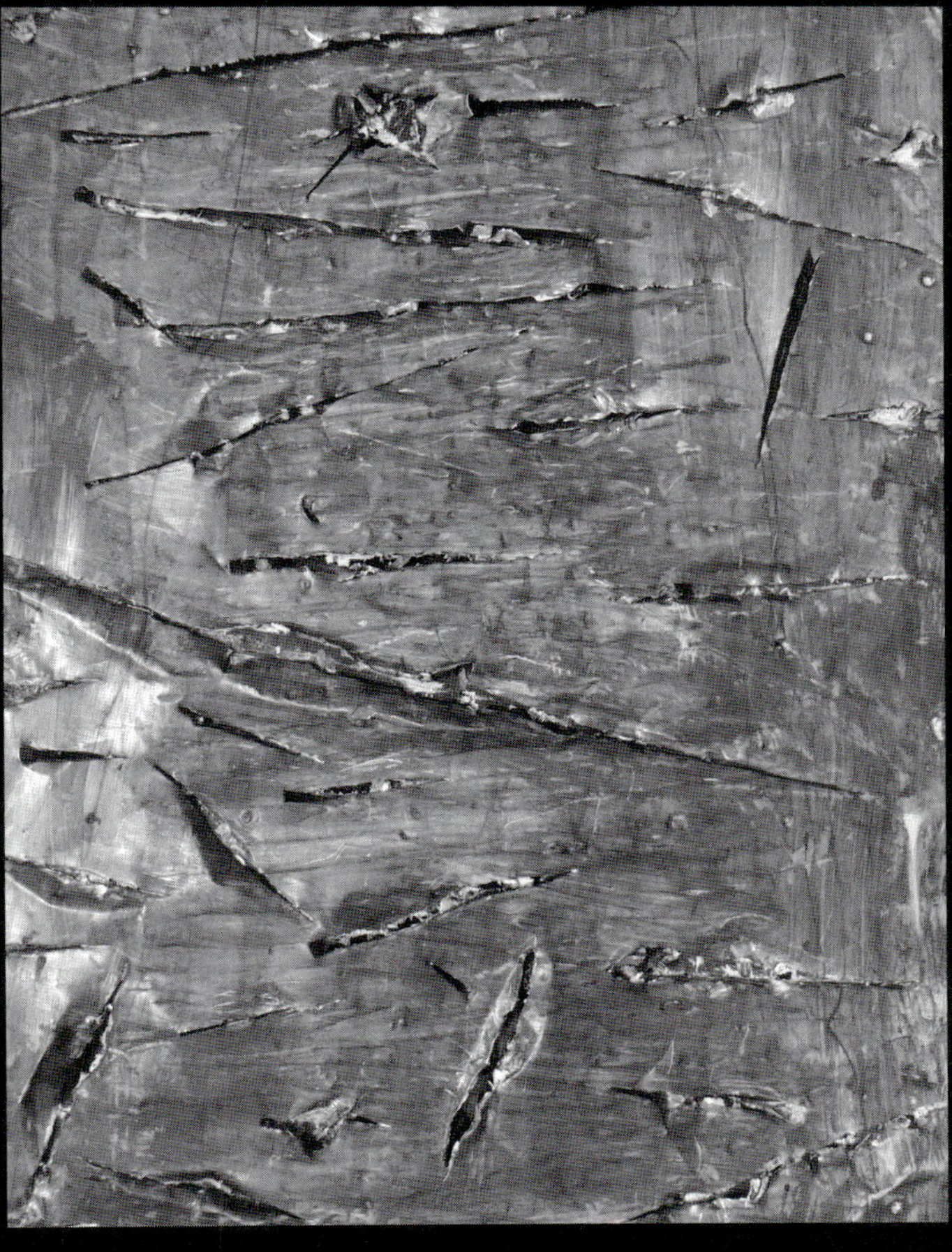

哀切の叙情―あとがきの葉として

このささやかな〈詩の葉〉を、詩集とは名付けなかった。詩という形式《フォルム》を崩したかったからだともいえるし、私のポエジーが、これまでの形式におさまらなかったからだともいえなくもない。いやむしろしぜんとポエジーが内部から湧出し、一行か二、三行の直立する形式を選んだともいえる。

この直立するフォルムは、野に立つ孤愁あふれる一本の樹でもある。凍った涙を、またある時は血の涙をひたひたと流す樹だ。ひとえにこの直立する樹を、この〈詩の葉〉を詠む人の内側の苑に育つことをひたすら祈願したい。

『荒野へ』は、第二詩集に相当する。気がつけば第一詩集『冬の透視図』（編集：上林俊樹／発行：NU工房／一九七八）から、かなりの時間が流れた。『冬の透視図』には、亡き父母への想いや、私の青い時を覆っていた〈苦の刻《とき》〉〈不安〉の感情を織り込んだ。まさに当時の、私の自我像でもある。

二一世紀を迎え、なぜか〈荒野〉のイメージが私を包囲してきた。原風景は、荒野で苦悩し、血の涙を流すキリストの姿であろうか。〈荒野のキリスト〉に促されて、想念を練った。すると不思議なことに〈荒野の形象〉が自在に動き回り、私の鉛のように重く、そしてかなり錆びついていたポエジーの扉を押し開いてくれた。扉を開けると、そこでみた光景から激しい痛みの感覚や悲哀の感情に襲われた。

あえていうならば、この世は、苦悩や痛みの大地でもある。私が一本の樹となり、足元から世界を見渡すことにした。私の心の洞穴に溜まった痛みの葉を、その一つ一つを手にして息を吹き込んだ。だからこの〈詩の葉〉は、〈痛みを湛えた樹〉を象徴している。

いうまでもないが、他者の痛みを感じるためには、自己の痛みに対して真摯に向かいあい、その痛みを全身で知覚しなければならない。それができない者が他者と向かいあうことは難しい。なぜなら痛みこそ、他者との心の架け橋となるからだ。〈詩の葉〉に挟むようにして、数編のエッセイ風の「哀切へのフラグメント」を置いた。平行して読んでいただけば幸いです。

最後にひとこと。痛みは、けっして負の記号ではない。なぜなら痛みから、人の心の壁を溶かす哀切の感情が生まれるのだから……。哲学的にも、身体論や存在論を踏まえた痛みの美学の構築が求められているはずだ。いまこそためらわずに痛みや悲哀を根源的に問い直すべきではないか。

できればもう少し、哀切の叙情を詠っていきたいとも考えている。そして新しい〈詩の葉〉を編めることを願いつつ。

今回、十勝・広尾出身の美術家であり、壮大なテーマ「大地／開墾」を掲げて制作している楢原武正の作品を表・裏カバーやさらに目次の中や章扉として使わせていただいた。使用した写真は、二〇一九年一月に大通美術館で開催した「大地／開墾」で発表した作品である。撮影者は筆者である。ここで短く楢原武正を紹介したい。私の〈「大地／開墾」から聲を聴く〉と題した楢原の個展への跋文から、一部を再録する。

「〈北のスサノオ〉たる風貌を見せる美術家楢原武正は、近年「大地／開墾」をテーマにして旺盛な活動をみせている。「札幌芸術祭二〇一四」に関連した「時の座標軸」（五〇〇メートル美術館）では、四〇メートルの空間に挑み、見る者を感動させた。

楢原武正は、全身全霊でアートに「挑む男」である。今回の個展では「書（字）」にもチャレンジするという。彼の筆からどんな「書（字）」が産み落とされるか楽しみである。また久しぶりに「球体オブジェ」も制作するという。私には、自分なりの作品鑑賞方法がある。それは何か。簡明にいえば作品から聲を聴くのである。つまり作り手の想いが籠った作品の深部から発するものに心を寄せるわけだ。これまで彼の無垢なる野生が宿った作品から、こんな聲を聴いてきた。「虚を捨てなさい」「もっとピュアに生きなさい」「いのちの種を見つけなさい」「黒にこめられたエナジーを感じなさい」などと。さて果たして、今回はどんな聲が聞こえてくるのであろうか」。

未知なるものに果敢に挑みながら、大地に黒い種子を植えつづける楢原武正。作品写真の使用を心より許可してくれたことに深く感謝したい。また「哀切のフラグメント」の各扉などに、私のコラージュ作品をおいた。手元にためてあったものからセレクトした。

最後に、出版にあたり、藤田印刷(株)の社長藤田卓也さんには多くのご協力をいただいた。心より感謝を申し上げたい。

〈著　者　紹　介〉

柴橋伴夫（しばはし　ともお）

1947 年岩内生まれ。札幌在住。詩人・美術評論家。北海道美術ペンクラブ同人、荒井記念美術館理事、美術批評誌「美術ペン」編集、文化塾サッポロ・アートラボ代表。［北の聲アート賞］選考委員・事務局長。主たる著作として詩集『冬の透視図』（NU 工房）／詩集『狼火　北海道新鋭詩人作品集』（共著　北海道編集センター）／美術論集『ピエールの沈黙』（白馬書房）／『北海道の現代芸術』（共著　札幌学院大学公開講座）／美術論集『風の彫刻』評伝『風の王－砂澤ビッキの世界』評伝『青のフーガ　難波田龍起』美術論集『北のコンチェルトⅠ　Ⅱ』シリーズ小画集『北のアーティストドキュメント』（以上　響文社）／旅行記『イタリア、プロヴァンスへの旅』（北海道出版企画センター）／評伝『聖なるルネサンス　安田侃』評伝『夢見る少年 イサム・ノグチ』評伝『海のアリア　中野北溟』シリーズ小画集『北の聲』監修（以上 共同文化社）／評伝『太陽を掴んだ男　岡本太郎』（未知谷）／『生の岸辺　伊福部昭の風景』『前衛のランナー　勅使河原蒼風と勅使河原宏』（以上 藤田印刷エクセレントブックス）／『迷宮の人　砂澤ビッキ』（共同文化社）など多数。

詩の葉「荒野へ」

著　者　柴橋伴夫
装　幀　NU 工房
発行日　2019 年 8 月 17 日
発行者　藤田卓也
発行所　藤田印刷エクセレントブックス
〒 085-0042　釧路市若草町 3 番 1 号
TEL0154-22-4165
印刷所　藤田印刷株式会社
製本所　石田製本株式会社
定　価　1,200 円＋税

ISBN 978-4-09-388652-9